Le renne trop petit

Brandi Dougherty

Illustrations de
Michelle Lisa Todd

Texte français
d'Édith Cordeau-Giard

Éditions
SCHOLASTIC

À mon éditrice, Celia. Merci d'aimer ces livres
autant que moi! — B.D.

À ma sœur, Helen. Maintenant que nous sommes
adultes, je suis heureuse de t'avoir dans ma vie. — M.L.T.

Dougherty, Brandi
[Littlest reindeer. Français]
Le renne trop petit / Brandi Dougherty ; illustrations de
Michelle Todd ; texte français d'Édith Cordeau-Giard.

Traduction de : The littlest reindeer.
ISBN 978-1-4431-6421-4 (couverture souple)

I. Todd, Michelle, 1978-, illustrateur II. Titre.
III. Titre : Littlest reindeer. Français

PZ23.D678Re 2017   j813'.6   C2017-903336-0

Édition publiée par les Éditions Scholastic, 604, rue King Ouest, Toronto (Ontario) M5V 1E1.

5 4 3 2 1   Imprimé au Canada 119   17 18 19 20 21

Conception graphique de Jess Tice-Gilbert

Puce vit avec sa famille au pôle Nord.
Il y a beaucoup de rennes dans le village
du père Noël, et Puce est la petite dernière.

Elle est minuscule.

Puce a un ami qui s'appelle Olivier.
C'est le plus petit des lutins au village du père Noël!
Puce et Olivier sont les assistants personnels du père Noël.
Mais Puce rêve d'un autre travail.

Elle veut tirer le traîneau du père Noël plus que tout!
Le père Noël va bientôt choisir un nouveau renne, et elle est excitée.
Elle n'a besoin que de quelques leçons, puis elle sera fin prête.

Axelle, sa sœur, lui montre comment prendre son élan.
Les cousins de Puce la regardent et scandent :
— Plus vite! Plus vite!

Mais les pattes de Puce sont trop courtes.
— Oscar pourra sans doute t'aider, dit Axelle pour la consoler.

Puis Oscar, le frère de Puce, lui montre comment s'élancer dans les airs.
— C'est ce qu'on appelle le décollage, lui dit-il. Bon, maintenant, à toi!

Puce s'efforce de sauter du mieux qu'elle peut. Oscar rit.

— Très drôle, Puce. Allez, saute, cette fois.

— C'est ce que j'ai fait, murmure Puce.

— Oh… répond Oscar, eh bien… grand-papa pourra peut-être te donner des conseils.

Le grand-père de Puce se trouve dans l'étable.
— J'ai besoin d'aide pour sauter! lui dit Puce.
Son grand-père lui montre comment sauter
du grenier de l'étable pour s'envoler.
— Bouge les pattes! crie-t-il.

Mais quand Puce saute du grenier, elle atterrit directement dans le tas de foin.

Son grand-père lui vient en aide et propose :
— Pourquoi n'irais-tu pas voir ta maman ?

La maman de Puce se trouve au magasin.
Elle achète un harnais conçu spécialement
pour Puce.

Mais quand Puce l'enfile, il tombe directement sur le sol.

— Nous allons arranger ça, lui dit sa maman.
Puce secoue la tête.
— Je suis trop petite. Je ne peux ni courir, ni sauter, ni voler.
Sa maman se rapproche et lui dit tendrement :
— Sois patiente, attends jusqu' à l'année prochaine.

Puce prend le chemin du village du père Noël.
Elle est triste.
Ne sera-t-elle jamais assez grande pour tirer le traîneau du père Noël?

C'est alors que son ami Olivier apparaît et lui demande :

— Que se passe-t-il?

— Je suis trop petite pour tirer le traîneau du père Noël.

— Mais il y a plein d'autres choses que tu es capable de faire! Allez, viens!
dit Olivier.

Puce et Olivier font un bonhomme de neige.

Ils jouent à la tague avec leur ami le yeti.

Ils fabriquent des cartes de Noël pour leurs familles.

Ils aident même un petit
renard à retrouver sa maman.

L'après-midi est bien rempli. Ils se laissent tomber dans un banc
de neige pour se reposer.
— Tu vois? dit Olivier. Regarde tout ce que nous pouvons faire!
Puce sourit. Elle se sent déjà mieux.

Bientôt, c'est le réveillon de Noël.
Tous les habitants du pôle Nord viennent saluer le père Noël
et les rennes au départ de leur important périple. Puce se fait
cajoler par son grand-père.
— L'an prochain, ce sera ton tour, affirme-t-il.
Puce acquiesce.

L'attelage prend son élan. Les gens applaudissent
et font au revoir de la main.

Puce remarque alors un petit cadeau dans la neige.
Il est tombé de la hotte du père Noël!

Olivier jette un coup d'œil à Puce.

— Vas-y! lui crie-t-il.

Elle ramasse le petit cadeau et court aussi vite qu'elle peut.

Au moment où les rennes et le traîneau du père Noël quittent le sol,

Puce bondit dans les airs!

C'est le plus haut saut qu'elle ait jamais fait. Elle remue les pattes très fort et soudain… elle vole! Elle atterrit dans le traîneau. Le père Noël lui sourit.

— Bien joué, Puce!

Lorsqu'elle rentre au pôle Nord avec le père Noël et les autres rennes, tôt le lendemain matin, le village entier est là pour les accueillir.

Tout le monde s'approche de Puce et la félicite.
On lui fait des câlins et on l'applaudit.

— Je savais que tu pouvais le faire! s'écrie Olivier.

Puce a finalement réussi à aider le père Noël et son attelage.
Parfois, être petit signifie avoir la taille parfaite.
Mais surtout, avec un ami à ses côtés, tout devient possible!